PRIME LETTURE

ISBN 978-88-7927-299-5

www.edizioniel.com

NICOLETTA COSTA

Margherita maestra dormigliona

EMME EDIZIONI

Dedicato a tutte le maestre e a tutti i bambini scatenati che non assomigliano affatto a quelli descritti in questa storia...

L'estate è quasi finita.
È sera e il gatto Michele aspetta fiducioso, seduto sul davanzale. L'istinto gli dice che la sua padrona Margherita sta per tornare dalle vacanze.

Il gatto Michele ha trascorso un lungo periodo tutto da solo: ha dormito sul letto, è salito a curiosare sopra gli armadi, ha scavato nella terra delle piante senza che nessuno gli dicesse niente.

La vicina gli portava da mangiare ogni giorno scatolette speciali per gatti: un giorno pollo, un altro pesce, proprio come ai gatti della televisione (molto meglio degli avanzi di pastasciutta lasciati da Margherita!).

Ma ora Michele è contento che le vacanze siano finite,

perché ha molta nostalgia
della sua padrona.
Michele guarda là dove sa che
si fermerà l'autobus, un
autobus arancione un po'
scrostato.

Ecco che arriva... si ferma...
Prima scende una signora
piena di pacchi, poi scendono
due ragazzini che si spingono,
e finalmente... eccola, è lei,

Margherita, con un cappellaccio di paglia calcato sulla testa, lo zaino in spalla e un sacco di borse a tracolla.
Margherita scende faticosamente dall'autobus, ancora pochi passi ed è a casa.

Il gatto Michele non sta piú nella pelle dalla gioia; miagolando a squarciagola le va incontro e comincia a strusciarsi affettuosamente sulle sue gambe.

Margherita si siede sul divano: il gatto le dà un paio di leccatine ruvide dietro un orecchio, poi si stende sulle sue ginocchia, ben deciso a non spostarsi di là.
Ma, purtroppo, Margherita si alza quasi subito: si leva il cappello, si toglie le scarpe e le abbandona sul pavimento, poi va in cucina e apre il frigo, dove trova soltanto mezzo pacchetto di burro e un vecchio limone. Allora tira fuori dallo zaino una

bottiglietta di aranciata piuttosto calda e ormai senza bolle, e afferra un panino schiacciato che divora in un battibaleno. Non dimentica però, con la mano libera, di grattare delicatamente il gatto Michele sulla nuca.

«Che pace!» pensa il gatto, socchiudendo voluttuosamente i suoi occhi gialli.
Ahimè, la pace è di breve durata!
Non appena ha finito di inghiottire l'ultimo boccone di panino, Margherita si avvicina ai bagagli e comincia a disfarli.
Tira fuori una serie di oggetti molto interessanti che, da soli, raccontano al gatto Michele le avventure della sua padrona.

C’è un barattolo tutto appiccicoso di marmellata di prugne: sicuramente Margherita è stata in montagna a trovare la zia Adele, che è grassa, rossa e lucida come una mela matura...

Poi Margherita recupera dallo zaino la maschera e le pinne: vuol dire che è andata anche al mare.

Un mucchietto di sabbia un po' puzzolente è caduto sul tappeto e il gatto Michele si precipita ad annusare: che profumo delizioso, pesce con alghe salate!

Dallo zaino sbuca una foto piena di gente stanca e sudata, stipata davanti a una tenda tutta storta. Michele rabbrividisce pensando alla scomodità dei campeggi... Infine, Margherita estrae dallo zaino un paio di magliette da lavare, le scarpe da ginnastica sporche di fango, lo spazzolino da denti spelacchiato e tanti

altri oggetti personali piuttosto malandati.
Saltano fuori anche i regalini che ha portato per i bambini della sua classe: caramelle per i piú golosi e cose speciali (francobolli, sassi...) per i collezionisti.
Margherita continua a trafficare. Il disordine aumenta e ora la casa sembra un campo di battaglia.
Si è fatto tardi e Margherita prende in mano la sua agenda (che assomiglia molto al

diario dei bambini, piena di disegni, di biglietti e di fogli che volano via), la sfoglia per vedere che giorno è... e a un tratto sbarra gli occhi: si è accorta (orrore!) che domani comincia la scuola.

Salta in piedi e comincia a correre di qua e di là. La situazione assomiglia molto a quelle dei vecchi film del cinema muto, in cui tutto si muove a scatti e troppo in fretta.
Margherita corre in bagno, apre l'acqua della vasca, poi torna in camera sua, fruga dappertutto (sta cercando il registro e le penne), spalanca gli armadi, apre i cassetti (sta cercando qualcosa di elegante da indossare domani).

Ritorna in bagno, dove l'acqua sta ormai per traboccare, chiude il rubinetto, entra nella vasca, si insapona energicamente, poi esce con i capelli gocciolanti e continua freneticamente le sue ricerche.

Il gatto Michele la segue ovunque, sobbalzando ogni volta che viene raggiunto da uno spruzzo d'acqua.
Finalmente, il registro salta fuori, era sulla poltrona, nascosto da un cuscino: la copertina è tutta

stropicciata e molto
probabilmente ci sono
peli di gatto sparsi tra le
pagine.
Ed ecco che salta fuori
anche la penna stilografica:
era in bagno, nel bicchiere
dello spazzolino da denti.
Nel cassetto Margherita
trova una vecchia
maglietta gialla,
l'unica pulita,
e la solita
gonna blu (che
però fa sempre

la sua bella figura);
le sistema sulla seggiola, pronte per essere indossate domani.
Ora i capelli hanno smesso di gocciolare. Margherita si guarda allo specchio e comincia a pettinarsi: accidenti, c’è un problema!
La frangia le arriva sul naso, bisogna tagliarla immediatamente.
Per tagliarsi i capelli da soli ci vogliono un po’ di fortuna e molta calma...

Nella fortuna Margherita spera sempre, ma di calma ora ne ha ben poca!

Bisogna rischiare: ZAC taglia di qua, ZAC taglia di là,

la frangia è tutta storta, ma Margherita continua imperterrita a tagliare.

Ahimè, si è fatta prendere la mano, adesso sulla sua fronte si drizza una cortissima cresta rossa che nulla al mondo riuscirà a placare!

Si è fatto tardissimo.
Margherita sta crollando dal sonno: ci sono capelli rossi sparsi dappertutto e non c'è tempo per mettere in ordine.
La poverina si mette a letto, con le ultime forze rimaste carica la sveglia e subito si addormenta.
La notte passa in un lampo per chi è stanco. Presto, troppo presto, suona la sveglia: DRIIN, DRIIN, DRIIN...
sono le SETTE!

La sveglia crudele non tace, finché gli occhi di Margherita non sono completamente aperti e una mano la scaraventa lontano; ora arriva il gatto Michele a darle una leccatina di incoraggiamento. Margherita si alza, ha dei

terribili sottocchi e i capelli in agguato, pronti a dar battaglia al pettine.
Ma non c'è tempo, bisogna correre, non è assolutamente il caso di arrivare in ritardo proprio il primo giorno di scuola.

Evviva, c'è l'ha fatta!
È arrivata in classe un attimo prima del suono della campanella. I suoi bambini la stavano aspettando con ansia, belli, grassi, abbronzati e pieni di energia.

Margherita li guarda con affetto, consegna a ognuno un regalino, poi si siede sfinita dietro la cattedra.
– Farete un bel tema, – sussurra la maestra con un filo

di voce. – Il titolo è: *Come ho trascorso le mie vacanze* –. I bambini sono un po' delusi, avevano una gran voglia di raccontare tutto a voce, ma alla fine tirano fuori la penna e il quaderno senza fare troppe storie.

Il tema *Come ho trascorso le mie vacanze* è un tema difficilissimo, capace di far dimenticare tutto al piú diligente dei bambini.

I bambini della maestra Margherita sono un po' perplessi: alcuni bisbigliano,

altri rosicchiano la penna, altri ancora chiedono una gomma al compagno di banco, Pierino guarda fuori dalla finestra per farsi venire l'ispirazione...

In classe serpeggia un brusio di sottofondo, di quelli che fanno venire sonno.
Forse è questa la famosa «goccia che fa traboccare il vaso» per la povera Margherita; la sua testa finora aveva resistito, appoggiata al palmo

della mano, ma, tutto d'un tratto, PAF... la mano si è spostata, il braccio si è piegato e Margherita ha silenziosamente appoggiato la testa sul banco.

Ora si sente uno strano rumorino... da gatto.
Santo cielo! La maestra si è addormentata in classe e ora sta russando. Caterina se ne accorge per prima, avverte con un dito sulle labbra gli altri bambini, che ora guardano la scena stupefatti.

A questo punto, potrebbero fare tante cose: scappare in cortile, oppure mettersi a saltare sui banchi o anche tempestare la cattedra di freccette di carta. Per dir la verità, i bambini avrebbero una gran voglia di scatenarsi un po', ma, visto che sono bambini speciali, se ne stanno zitti zitti e aspettano (però smettono di fare il tema). Caterina ha un'idea. In punta di piedi, si avvicina alla lavagna e scrive a grandi lettere con il gesso: «VIVA LE MAESTRE DORMIGLIONE!» Suona la campanella della merenda: DRIIN, DRIIN, DRIIN...

Margherita salta in piedi spaventata, pensa che sia di nuovo la sveglia, guarda la lavagna, osserva la classe... e infine sorride, sotto la sua frangia buffa che splende come una corona.

– Sarà anche dormigliona, – sussurra la piccola Anna all'amico Giovanni, – ma la maestra Margherita è tanto simpatica!

L'autore

Nicoletta Costa è nata nel 1953 a Trieste, dove vive con le sue bambine Martina e Margherita.
Nel 1977 si laurea in architettura a Venezia, ma dopo qualche anno lascia l'attività professionale per dedicarsi a quella che è sempre stata la sua grande passione: scrivere e illustrare libri per bambini.
Nel 1986 le sue illustrazioni vincono il I Premio «Catalonia d'illustraciò» a Barcellona e, nel 1988, una targa al «Golden Pen» di Belgrado. Nel 1989 riceve il «Premio Andersen - Il Mondo dell'Infanzia». Nel 1993 cura la scenografia e i costumi per "Hansel e Gretel" di Humperdink, rappresentata al Teatro Verdi di Trieste. Nel 1994 riceve il «Premio Andersen - Il Mondo dell'Infanzia» quale migliore illustratore.
I suoi libri vengono pubblicati dalle principali case editrici italiane e da numerosi editori stranieri: americani, spagnoli, greci, svizzeri e soprattutto giapponesi.
La cosa piú importante però è che piacciono tanto ai bambini!

PRIME LETTURE

1 *Margherita con gli sci*, di Nicoletta Costa
4 *Dove sono le parole?*, di Guido Quarzo
5 *Chicino e Cicotta*, di Roberto Piumini
6 *Un merlo parlante in classe*, di Erminia Dell'Oro
7 *Il drago Gerardo, ovvero il drago che piange*, di Giorgio Scaramuzzino
8 *Margherita maestra dormigliona*, di Nicoletta Costa
10 *Uno, Due, Tre e Quattro*, di Stefano Bordiglioni
11 *Margherita maestra innamorata*, di Nicoletta Costa
12 *Il volo dell'aquilotto*, di Sabina Colloredo
13 *Tommaso campanaro*, di Roberto Piumini
15 *I giochi giocando*, di Roberto Piumini
17 *Margherita non ne può piú*, di Nicoletta Costa
18 *La rivolta di Buffo*, di Donatella Ziliotto
19 *Nerone e Budino*, di Angela Nanetti
20 *Il drago Gerardo e le vacanze mostruose*, di Giorgio Scaramuzzino
21 *Bianchina e Nerina*, di Stefano Bordiglioni
22 *Il merlo che non sapeva fischiare*, di Marco Biassoni
25 *Il neonato e la cicogna*, di Sabina Colloredo
26 *Appuntamento in primavera*, di Stefano e Gualtiero Bordiglioni
27 *Fred Lingualunga*, di Lucia Salemi
29 *La tana in fondo al letto*, di Cecco Mariniello
30 *La principessa che sognava il mare*, di Stefano Bordiglioni
31 *La principessa dispettosa è diventata grande*, di Nicoletta Costa
32 *Quattro, campione del mondo*, di Stefano Bordiglioni

33 *Il drago Gerardo e l'abominevole avventura*, di Giorgio Scaramuzzino
34 *L'oca Genoveffa e la torta al cioccolato*, di Lucia Salemi
35 *Billino di tutti i colori*, di Aquilino
36 *Pino perfettino*, di Stefano Bordiglioni
38 *Tre strade, tre grotte, tre teste*, di Stefano Bordiglioni
39 *Il drago Gerardo è innamorato*, di Giorgio Scaramuzzino
40 *Il leone verde*, di Roberto Piumini
41 *Il picnic di maestro Lupo*, di Nicoletta Costa
42 *Olivia e Agostino*, di Sabina Colloredo
43 *Alla festa di Halloween*, di Christel Desmoinaux
44 *L'oca Genoveffa fa la ballerina*, di Lucia Salemi
45 *Bianchina e Nerina e la festa a sorpresa*, di Stefano Bordiglioni
46 *Il sole di Boris*, di Roberto Piumini
47 *La principessa Beatrice*, di Stefano Bordiglioni
48 *L'oca Genoveffa e il matrimonio dei Porcelli*, di Lucia Salemi
49 *Ugo sul ramo*, di Roberto Piumini
50 *L'orchetto smemorato*, di Stefano Bordiglioni
51 *Bianchina e Nerina e il luna park*, di Stefano Bordiglioni
52 *La vasca di Gama*, di Roberto Piumini

Finito di stampare per conto delle Edizioni **EL**
presso Editoriale Lloyd S.r.l., S. Dorligo della Valle (TS)

Ristampa				Anno		
6	7	8	9	2007	2008	2009